ENFIN, TE VOILÀ!

Écrit et illustré par
Mélanie Watt

Éditions
SCHOLASTIC

YOUPI!

TE VOILÀ!

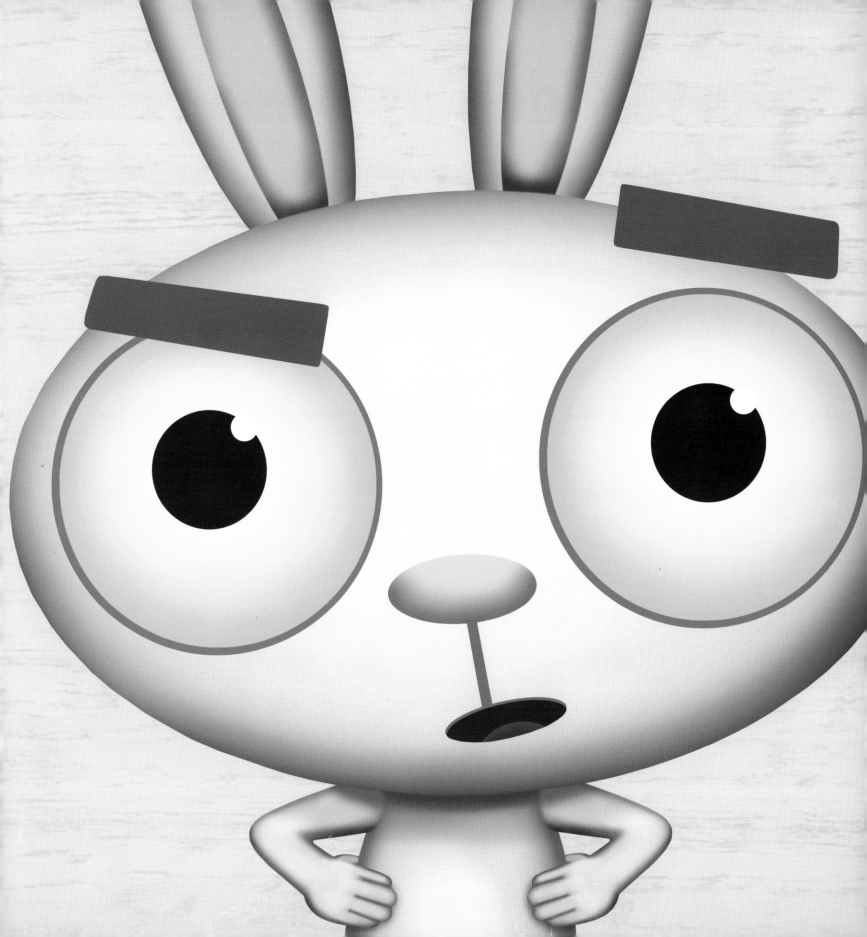

ASSEZ LONGTEMPS POUR VOIR
QUE LA PEINTURE A SÉCHÉ...

ASSEZ LONGTEMPS POUR TROUVER
UNE AIGUILLE DANS UNE BOTTE DE FOIN...

ASSEZ LONGTEMPS POUR APPRENDRE
À JOUER DE L'ACCORDÉON...

ASSEZ LONGTEMPS POUR ACCUMULER
DE LA POUSSIÈRE.

TRÈS
ENNUYANT

TRÈS TRÈS
ENNUYANT

ENNUYANT

ENNUYANT
JUSQU'AU BOUT
DES OREILLES!

TRÈS
ENNUYANT

TRÈS TRÈS
ENNUYANT

ENNUYANT

ENNUYANT
JUSQU'AU BOUT
DES OREILLES!

TRÈS
ENNUYANT

TRÈS TRÈS
ENNUYANT

ENNUYANT

ENNUYANT
JUSQU'AU BOUT
DES OREILLES!

TRÈS
ENNUYANT

TRÈS TRÈS
ENNUYANT

ENNUYANT

ENNUYANT
JUSQU'AU BOUT
DES OREILLES!

OUPS!

JE CROIS ÊTRE PARTI DU MAUVAIS PIED.

MAIS SÉRIEUSEMENT,

OÙ ÉTAIS-TU?

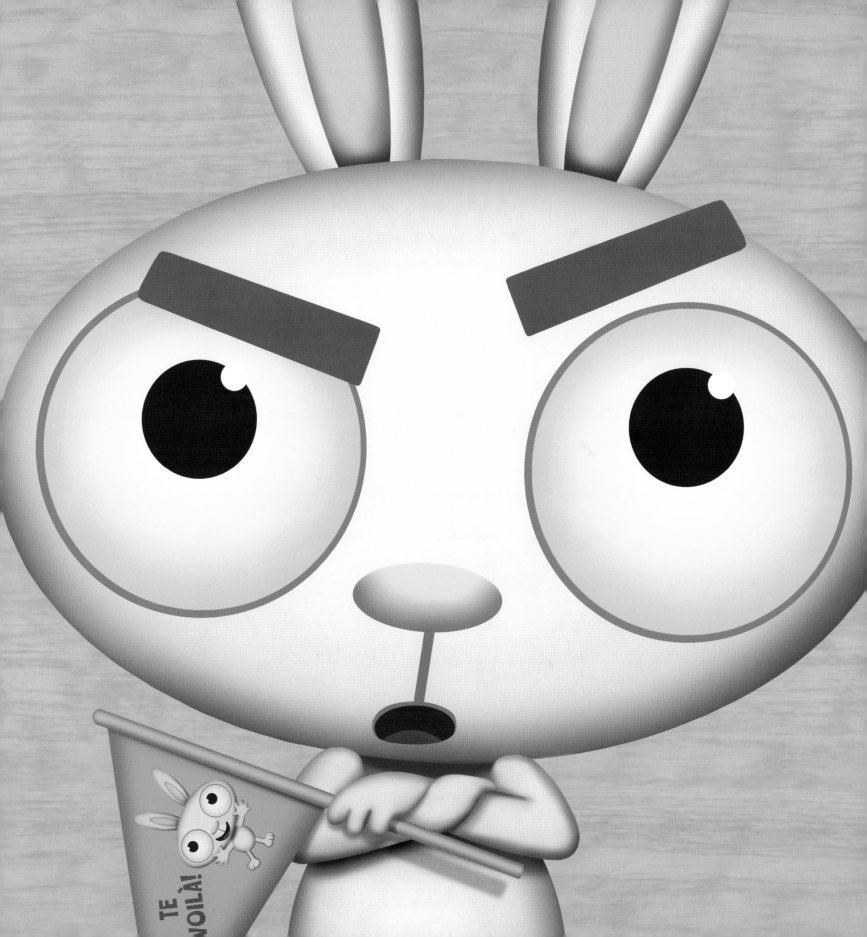

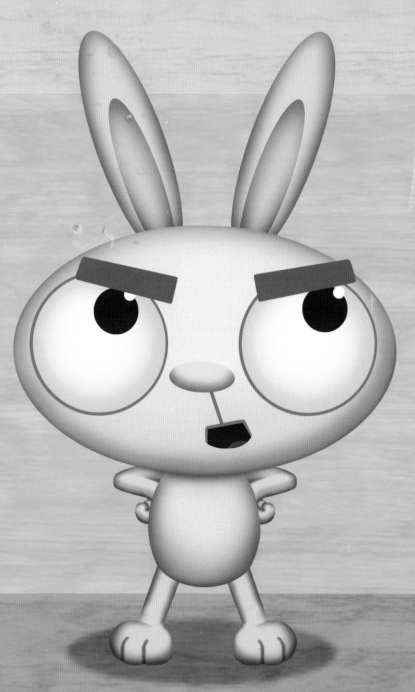

AUSSI INJUSTE QUE D'ÊTRE CHOISI EN DERNIER...

AUSSI INJUSTE QUE DE DEVOIR ME COUCHER QUAND JE NE SUIS MÊME PAS FATIGUÉ...

AUSSI INJUSTE QUE DE DEVOIR MANGER UN CHOU DE BRUXELLES...

AUSSI INJUSTE QUE D'ÊTRE TROP PETIT POUR MONTER SUR UN MANÈGE.

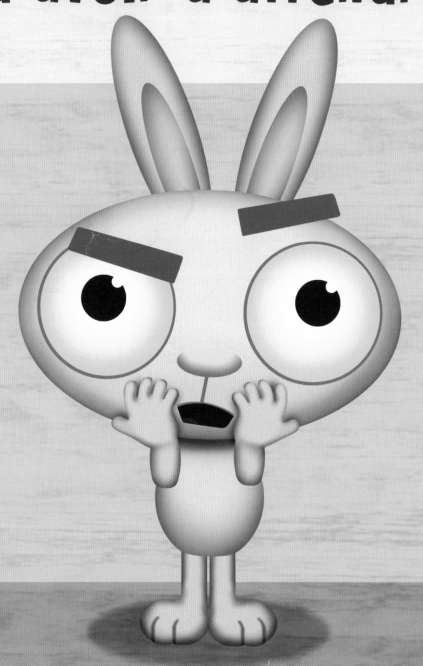

AUSSI FATIGANT QU'UN CHANDAIL DE LAINE QUI PIQUE...

La, la, la, et si tu n'existais pas, dis-moi pourquoi j'existerais!

AUSSI FATIGANT QUE D'AVOIR UNE CHANSON QUI ME RÉSONNE DANS LA TÊTE...

AUSSI FATIGANT QUE DU PAPIER DE TOILETTE COLLÉ SOUS LES PATTES...

Assis? Couché? Donne la patte?

Roche

AUSSI FATIGANT QU'UNE ROCHE COMME ANIMAL DE COMPAGNIE...

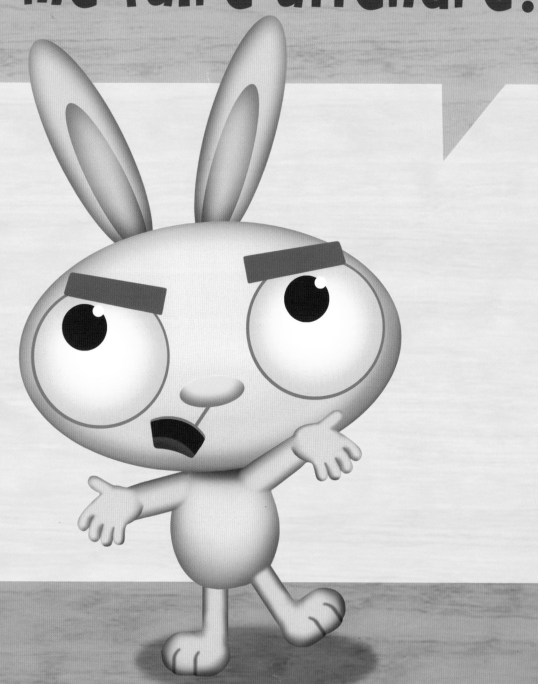

AUSSI IMPOLI QUE DE PARLER LA BOUCHE PLEINE...

AUSSI IMPOLI QUE DE COLLER DE LA GOMME SOUS LE SOFA...

AUSSI IMPOLI QUE DE COURIR AVEC LES PIEDS SALES SUR LE TAPIS...

AUSSI IMPOLI QUE DE FAIRE DES GRIMACES DANS LE DOS DE QUELQU'UN.

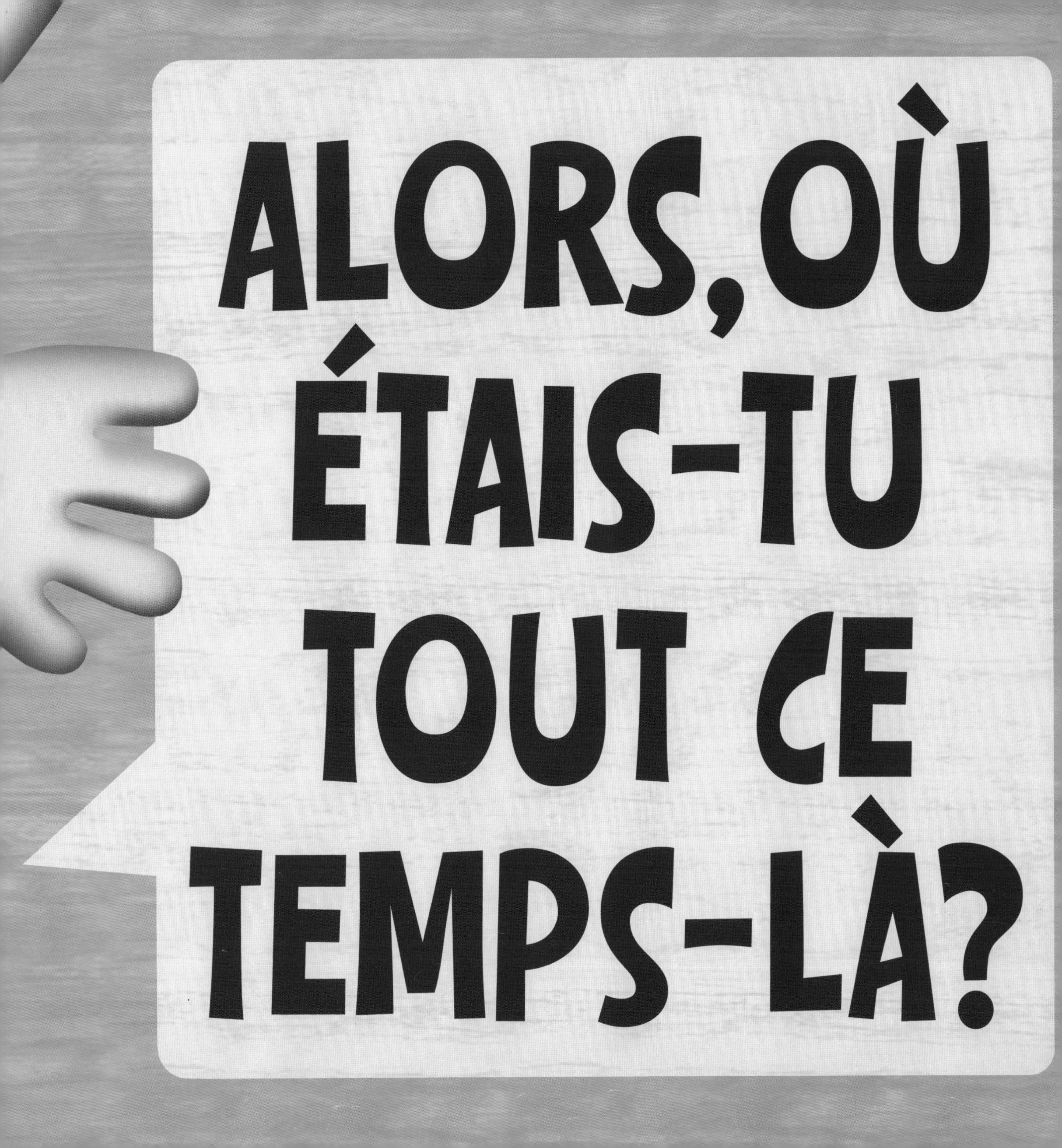
ALORS, OÙ ÉTAIS-TU TOUT CE TEMPS-LÀ?

OK,
JE PROMETS
D'ARRÊTER DE TE
DEMANDER OÙ TU
ÉTAIS, SI TU ME
PROMETS DE...

-CONTRAT-

Le présent document indique que TU, ci-après dénommé le lecteur ou la lectrice, acceptes de rester avec MOI, le lapin (personnage principal du livre ENFIN,TE VOILÀ!), jusqu'à la fin des temps. D'autre part, TU, en tant que lecteur ou lectrice, t'engages à dédier toute ton attention exclusivement à MOI, le lapin. TU, en tant que lecteur ou lectrice, reconnais qu'il sera dorénavant interdit de me faire attendre.

De plus, TU, en tant que lecteur ou lectrice, devras m'approvisionner, MOI, le lapin, en carottes, à raison d'une par jour comme collation.

_____
TOI (lecteur ou lectrice)

Pour Delphine, Ophélie, Annick, et Jean-Seb.

Catalogage avant publication de Bibliothèque et Archives Canada

Watt, Mélanie, 1975-
[You're finally here! Français]
Enfin, te voilà! / Mélanie Watt.

Publ. aussi en anglais sous le titre: You're finally here!
Niveau d'intérêt selon l'âge: Pour les 3-8 ans.

ISBN 978-1-4431-0908-6

1. Lapins--Romans, nouvelles, etc. pour la jeunesse.
2. Livres d'images pour enfants. I. Titre.

PS8645.A884Y6814 2011   jC813'.6   C2010-905822-4

Édition publiée par les Éditions Scholastic,
604, rue King Ouest, Toronto (Ontario) M5V 1E1.

5 4 3 2 1   Imprimé au Canada 119   11 12 13 14 15

Sources Mixtes
Groupe de produits issu de forêts
bien gérées, de sources contrôlées
et de bois ou fibres recyclés.
www.fsc.org Cert no. SGS-COC-003098
© 1996 Forest Stewardship Council
FSC

ATTENDS!

OÙ VAS-TU?

J'AI DIT QUELQUE CHOSE?

SÉRIEUSEMENT, À QUEL NUMÉRO PUIS-JE TE JOINDRE?